荒地野菊

百々登美子歌集

砂子屋書房

昭和53（1978）年夏、山中智恵子・佐竹彌生らと吉野行。
左から三人目、著者・百々登美子。

＊目次

装本・倉本　修

歌集　荒地野菊

身体髪膚

ひとむらの刈安の穂のかくれ里午過《ひるす》ぎて聴くこほろぎほそし

男《を》には男の成すべきことを見定むべし日常はいま昏るる河岸

破れ窓に油滲みたる顔ありし町の工場も今はしづもる

のたうちの生のぶざまも見そなはせざくりと梢《うれ》の柘榴が笑ふ

孝のはじめの「身体髪膚」父の口癖明治十九年生おもへど遠し

籠り聴くヴェルディのレクイエム星より冷えてわが額のあり

急がねばならぬ理由を語るべく来しものならねくさに眠《ね》る蝶

シルバーカー押しゆく人は向う岸とほくもありき近くもありき

大根の料理法無限とありたれば横たふ白は極立ちてくる

神の旅見送る風に幾ひらの紅葉は散りて天しづかなり

冷えし手にきる一枚のトランプの落下まき込む木枯しの吹く

元旦の庭

吊りさがる雫のなかに一瞬の灯り点して初日はのぼる

白紋をつけて御慶にくる鳥とわれも辞儀なす元旦の庭

葉ボタンのほのかな紅をひよが食む新年といふときを迎へて

確実に吾《あ》にくるものは押し伏せて三日のあさの水仙の花

ぶはぶはと野太き音色鳴り出だす太き木管愛す寒入り

そこに在るゆゑよしと思へる器なりひそかな蒼を内にたたへて

日常の迷ひのなかにガーデンの椅子は置かれて人ら笑ふも

鳥鳴けばかそかにゆるむ氷《ひ》をおもふ明るみのなか眠りに落ちる

嘴《はし》をもて土とばしゐる鶫見ゆ草の根方はいちはやき春

亡き人の蔵書のゆくへ思ふなりあつらに雪の降りし夕ぐれ

心《しん》折れしものが伏しゐる土の上雪のあとなる水仙を描く

老体の一樹の方にめつむればその声透きて野末雪降る

遠目なるものはみな美《は》しきゆゑ自然死といふ一語をおもふ

ときめくるごとき声あり近づけばわかきほころび見せゐる梅は

若者は何をいとしむや涸れゆける記憶の上に水注ぐわれ

キリストの胸のあばらのかげふかくよそほふ春もいささか寒し

グレゴリオ聖歌をながく聴かせたるラジオも冷えてをらむ夜更けは

小さき風鐸

小さき風鐸は小さくカンと鳴るという大切なこと聞きしと思ふ

境内のしだれざくらのもとに来て死者に化粧す人おもひをり

滅びまでどれほどの時間《とき》あるのかと捨咲きのスノーフレークの問ひ

同じき闇みてゐると思《も》ふも錯覚かとびら出づれば牡丹《ぼうたん》の花

少し隙間あるのかと来てさしのぞく心のなかはまだ若葉寒《わかばさむ》

喪のうちに水を喚びこむ色かともあさのあやめの直立《すぐ》つにむく

亭々とただに繁りて実を成さぬ一樹の下に水奔りゆく

ちちははの原発避難こゑおとし告げてとなりのひとは除草す

梅毛虫重なる幹を押し隠しいんいんととき過ぎてゆくなり

ほととぎす来て一声を残しゆく街の公園のやはき邂逅

身動かぬ山鳩《はと》の濡れゐる窓の外何も起らぬとき暫しあれ

みつむれば憂《うれひ》のしづく激しくて踏み入りがたき雨のつゆくさ

風よけて静止画像となりてゐる蝶の交《つが》ひも少しかげりぬ

未明の霧消えたるあとに浮かびくる視界のなかの白き十字花

いづれといふ一語をこそと灯しきて濡れゐる夕のくちなしの花

「肉なるもの」すべての犯す罪ありと抽象のかげながし植田に

暮れ泥む空の彼方にきびしかるあしたの色といふも混らむ

祝膳

私にとっての一品は母の五目ずしである。それが出る日は我が家の祝い日だった。特に誕生日には欠かした事はない。母にとって幸せの日であったのだろう。味の記憶はもう薄れているのだが、同じものを作っても、もっと美味しかったと思ったりしてなつかしい。

生日の祝ひの膳の母の味継ぐべくもなし秋のくりやに

動物はかなしみのために死すといふお話朝のラジオより聞く

庭石のひとつひとつを数へゆく黒きあきつに水たてまつる

喪失を言へばきりなき日々《にちにち》をおそく鳴き出づ立秋の蟬

残りたる一本の松まならうらに立たせて夜半の月移りたり

鬼百合を叩き伏せつつ雨過ぎて夏のうつつの身にしづくあり

ともかくも遠方《をちかた》見よと眼科医の言葉の先の火色のあきつ

高き空洗ひあげたる青にして幻想のごとく近づくは死期

湿原は一点の灯もなきところ見にゆけといふくらやみゆゑに

今日の日は再び来ぬといふ歌を夜更けの湯にてひそと唄ふも

荒地野菊

聖セバスティヌスの裸身射抜ける矢を数ふ何も聞こえぬ晩秋の夕

少しばかりの灯りも今日は役に立つ荒地野菊の小さき白花

一粒を播けばひと芽を期待するこころやさしと見てゐる秋は

平ら雲幾つか浮きて頭《づ》のなかはほがらにあれば午後の野にくる

正されてゆくべき一事さへ薄く閉ざしてゆくや月は雲の間

ミルク満たして小声に唄ふ子守歌わが身の羞にうすく膜張る

栗の菓子甘く作られゆく手順しばし見てゐて心落ちつく

折られたる枝も紅葉すこの夜のフォーマルハウト少しうるめり

傷もてる花梨を高く掲げゐる道のはたての草明かりはも

端然と立てる一木の花水木ひとおもふとき愛《かな》しき無口

きりひらきゆくべき夕の芝の上解体のごと薔薇散りゐたり

百鬼の図

百々目鬼《どどめき》といふは女の掏摸といふおどろおどろの百鬼の図には

雨樋に手のとどくまで伸び咲ける皇帝ダリア霜の夜に顕つ

さまざまな笑ひ方などして遊ぶ玻璃のむかうに寒椿咲く

落し物の手袋かかる桜枝だらりと指は垂れて冷えをり

前を蹴るは駝鳥うしろに蹴るは馬高々と蹴るをおもふ日のあり

触れぬ間にとける薄氷井《うすらひ》を汲みに昇れる雲雀見失ふまじ

橋の真中

ごんぎつね山に戻りてこしといふニュース幾たびながれて春は

鼻梁高く育てとのぞむものの距離思ひ切りよく真青に塗る

とろとろと心も鍋も煮つめゐる頃合のぞく幼きすずめ

ものごとの潔かれとねがふこと世代のゆゑか奥歯ゆるぎぬ

何の使命与へられしか前を行くひと不意にして道を曲がれり

白きドレスに合唱団の歌ふ日あり夕焼けかくす山の向かうに

吊り橋を渉れるひとの振り返る橋の真中の風こそ春か

高らかに最後の喇叭ひびくとき誰が復活す今の世なれば

〈天の羊〉見えぬ夜を居てしばしばに落せし物を拾ひ過ごせり

砂ほどの文字もて埋まるはらからの聖書どこにも置き場がなくて

唐突に大き太鼓を打ちたしとおもふ夜のあり人そつけなし

溶けあはぬものも混じれるコップのなか透かし見て椅子立ちてゆく

貝 雛

手入れよきながき指もて半白髪《はんぱく》のギター奏者はとほき愛よぶ

散らずして枝に朽ちゆく花として薔薇愛せし人ありしなり

今頃はしづかに冠ぬぎてゐむ去年の柳に逢ひにゆくべし

真実を水にうすめてゐる時間川面の鯉は大き口開く

水害を受けし記憶をもちてゐる町のをみなの作る吊り雛

貝紫《かひむらさき》愛せしひとの七回忌せめても暁《あけ》にその色おもへ

庭にむきページくる指冷えをらむ花までおそき春のあけぼの

祖と共に眠る墓前に菜の花と紅梅供へくれし人あり

智恵子もしあらばいかなる眉描かむ被災の子らに贈る貝雛

ことあらば涙流すと聞く人形向き変へておく夏くるまでは

ほーほけとそこ迄のみにそのあとは続けられぬか歌詠み鳥も

くちびるの端に笑ひをためてゐる顔の幾つをまならうらに眠る

紙の風船

一年《ひととせ》に樹々は華やぐ季《とき》持つと人にはあらぬその季ともし

水を打つ音のあがれば濁りゆくたよりなきまで緩き川の面

貝寄風《かひよせ》の吹きてあとなる雨一日身にこもらせて咲かす白梅

精米所の前に鳩らはたむろしてそこのみ何かゆるみてゐたり

愛ひとつわけてもらふに似てゐたり小鳥あまたの紙の風船

不動かと見てこしものがふいに動くひかりの中を蝶ぬけゆきし

昨日ありしもの今日なくて風吹けば百日《ももひ》、百夜《ももよ》は生の塵めく

青水無月

雪いまだ残る稜線こえゆくはまぼろしならむ空遠く澄む

花を見ず逝きたるひとのために咲くさくらと聞けばしづかなる淡紅《べに》

花はいづれ根にかへるともけさ見たる萼の色は少し翳れる

はなびらを終日ゆるく流す川駘蕩として鵜の首浮かぶ

はなつけず一木は枯れぬゆるやかにふたつの鴨はそのかげに寄る

交尾《つがひ》つつ軽やかに垣越えてゆく褄黒蝶のあさをことほぐ

鳥抱ける一樹にわれも抱かれゐるふかき青葉のうつつの呼吸

古《いにしへ》は千ほども色彩《いろ》を言ひ分けて人はゆたかにありしと聞けり

ひとうちの雷が身内を貫きて青水無月のまづしき疲れ

解けあはず父と兄逝き月光は一夏《いちげ》九旬《くじゅん》の草の上にあり

をとめごの鵜匠志願者はれやかに鵜の首つかむ風ごとつかむ

抱卵にも巣立ちにも声あげずして山鳩たちゆけり台風の前

思想などと大げさなこと言はざれど蕊のみどりを指し出す百合は

玉すだれ

自転車の少年ひとりこの道を通る唯一のわかものにして

わけ知りのごとく枝垂るる夏の萩切りつめてのち手紙を書かむ

口福といふ語をふとも口にする福島の桃ふたつを買ひて

ゆくてには石見太郎の雲立ちて乱れなし午後の夏空

ひと恋へばあさはつかのま鎮まりて蓮華升麻のうつむきの花

自らのつよき主張をなさぬまま冬瓜はいま煮られをりたり

この場所に来て鳴くならばそれだけのわけあるらしきひとときの蟬

小さき蛇の屍《し》短く黒きひもとなる炎昼の道に屈託もなし

籠《こ》に飼ひて雲雀死なせし記憶などころがりてくる蒼き空より

自らに向けて詠ふと言ひし人のこゑの朗らに玉すだれ咲く

たわわなる洋種山ごばう刈り倒す鎌のひかりの先のわれ

見て過ぎし幾つを今日の罪としてゆく野の道の薄き月の出

東西は雪

読めぬまま高さ増しゆく本の山痛みのごとしこの幾日は

若き日のわれを求めてこし人が帰り際いふ小さく「わかつた」

ふと吐息もらすは誰と真夜に聴く歌のうちらをさぐりゐる耳

明日といふ一語が徐々に重くなる齢となりて雪のまぢかさ

臥床にて聴くファゴットはゆるやかに体内抜けて空へ戻りき

逢ふも別れも自在に雲はゆきしなり空のふかみに憩へるは誰

夕方の長身のかげに従きてゆく時間のなかにダリアは赤し

決断をおのれに迫るときあらむ散り残りゐる一枚の紅

去年今年切り分けてゆく一閃の光の先に何を見むとす

身なり妖しと距離を保てばひげ面の人が小さく新年を祝《ほ》ぐ

捨てありし球根ひとつ拾ひきてわがなし得るや冬のみごもり

種子多きみかんを食めばきりきりと酸味たたせて東西は雪

がらんどうの温室ありて人をらずさくら咲くまで橋は渡らぬ

鍬の音

廃屋と見てこし大き建物に人の気配す音ゆきたがひ

遠山もわが家もゆるく日昏れくる田の幾枚の冬近き面

九十九歳の写経収めしみやげなる永平寺豆腐を真中に坐る

誰もゐぬ駅の待合の木の椅子の冷えきはまれば季ゆくらしも

まだそこにと思ふあはれに霜降りてほそまる声の草のかげ

人の手の温みのあとを厭ひきて夜の真赤きダリアは辛し

ひとりにて逝けば孤独死とたはやすく片付けてゆく無礼をみをり

ただ空に無法に伸びてゆく枝を剪るために買ふ太丸鋏

音消して深夜のラジオにぐづぐづと笑ふおのれをときにあはれむ

山羊の乳もて養はれゐしことありと知れば飼ひたし小さな山羊を

盛りあがる卵黄割りつ生卵呑むは人間と蛇のみといふ

錐揉むと三鬼のいひし百舌の錐鈍りてゐるやけさは来ずして

荒武者の乗り来しならむ美しきバイク放置のガードも昏るる

一点の火となれよとて採り残す高梢の柿か夕にかがやく

唄ひたるのちに悲しみ増す歌はうたふなと父老ひし日にいふ

かげと称ばれて終る一世のありしとかいま木枯しに人は吹かれて

笑ふ赤子の意味なきことばありがたく受けて帰りぬ落葉の家に

子のなきを羨しと寄り来ふり向きざま一刀に切ることばが欲しき

咲き残るダリアは昨日の朱痕めく朝霜解けていくまでの目に

死に切りと聞かされてゐしもその先のあらば何せむ淡々と月

思ふ存分色深めよと見返れば身震ひをりし銀杏の黄葉

文字の影のみ見てゐるゆゑの貧しさか桜裸木とほく時雨す

枯らす迄葉を食ひ尽くしみのむしは父よ父よと離散しゆくと

裂けてなほ屹立の木のかたへ過ぐこの木もかなし表現者なれ

オリオンはゆく

鳥はみな話すといひき聞きなしのひとつ残してゆく日だまりに

心にも薄氷《うすらひ》はりてゐるごとき顔さしのべて過りゆきたり

山眠る、魂も眠ると文字にしてあしたの波の高さ聞きゐる

まぎれなき黒さのゆゑに雪の上の鴉はけふの占ひのたね

衝ふものは厭はれて長き代を経しと記しのこして冬日は凍る

ふかぶかと身を包みくる音楽《がく》ほしき夜空孤独なアルデバラン

穂先にぶれる筆幾本を片づけて終る一年《ひととせ》額より冷ゆる

また会ふといふ一言を約さねば持て余さずにすぎしか冬は

日本武尊《たけるる》像雪に沈めて午後の頬あをあをと削ぎ見せゐる伊吹

弓曳くため乳房切りたる兵つれてオリオンはゆく夢のなかぬけ

何を背に海渡りゆくつばさかと立ち寄りてゆく群れに問ひたし

いまはなる星は最後に渾身の力こころみ死にゆくらしき

聴きなれしショパンの曲を身に入れて見てゐる彼方誰の戦場《いくさば》

胸うちに水仙の葉をつめたしとありし『植物祭』花の辺に置く

鳥渡りゆく

ずたずたに伐られし桃にわづかほど花咲きてゐて影ゆがみをり

眠りなば死ぬぞと声のあるゆめに誰も入りこず鳥渡りゆく

今日は通夜、あすは永別とそれのみの短きメール開く三月

芽吹くこともはやあらざる松立ちて春昼の喪ふかくなりゆく

黒つぐみ眼《まなこ》も嘴《はし》も全開に啼きあげゐたり熊谷守一《もりかず》の絵は

木斛にふたつの巣みゆ昨年ここに育ちしもののその先知らず

くるしみし愛もいつよりかなつかしき熟睡といふ眠りのうしろ

単純に片づくことは何もなしころがして置くアボカドの種子

天澄めり雨後の真白き芍薬の身を崩すさま見逃さずゐよ

緑濃き枝間に思ひおこす顔いづれも死者のものなり夏は

一管の笛もてあまた救ひたる鬼ありしとも昔話に

ねがひばかり書くほかあらぬ笹飾り流れに乗せて過ぎむ時間は

庭ぬけの花

飲み捨ての空缶立てていざなへる道のゆくては白きつめくさ

葦簀おろして静もる花屋遠眺めたしかめてゐる夏の方角

人もけものも子をつれてゐる動物園に来て抱けるかたちつくづくと見ぬ

また眼凍る日来むか子をつれて遊べる百舌も雀も知らぬ

若者の名に誘ひのありしフェイスブック暫く消さず実行もせず

その意義はいづこにありと問ひつめて子の死を嘆く母を見たりき

枝ふかき赤芽柏のなかに首振るながき蛻の吹かれゐる見ゆ

葱坊主そのままにして農園より人去りたれば何か安堵す

揚がる雲雀

誰よりも忙しげなる挵蝶《せせり》来てつと寄りてゆくか細き花に

遠近《をちこち》に軋む音あり赤花の多き庭辺を見てゆくときに

高き枝の青梅叩きおとしゆく半日は忘る何の怒りも

この一歩すべてのはじめ朝夕に揚がる雲雀のこゑの真下に

会はざりし月日を数ふ会へざりし月日を数ふ花弁《はな》めくる鬼百合《ゆり》

支援といふ言葉を受けて購へるこの夜の桃のうまさかなしも

百舌の歯ぎしり

昨日おぼえて今日は忘れてしまふこと嘆きにもならぬ朝涼《あさすず》のなか

いつよりか旅などなさず高空の鴨の雁行消ゆるまで佇つ

潮騒のごとき眠気のなかに咲く花は桔梗《きちかう》、りんだうの花

穏やかに空明けゆくとみてをれば罧の梢に百舌の歯ぎしり

雲はらふ彼方の山脈《やま》のあさぼらけわが位置少しずらすこと思ふ

呪文のことば

元日のあさの電話は短くて「はい、おめでたう」山中智恵子

日常のなかにも旅はみつかると説く一文を傍らに置く

真夜灯し天体図開くしばらくを不眠と言はず贅沢と思ふ

失せものの呪文のことばたぐりよすたわわに実る柚子の黄色は

雨の日のはがきの文字は溶けてゐて探りさぐれば彼方の薄暮

野に生きる獣には過去、未来なし今日のみあると研究者いふ

ものの芽はいつかしづかに出づるもの寒もどしつつ雨が降りゐる

鳥たちもわれも華奢なる骨もちて身を遊ばせてゐるしばらくを

散る孤独、散らざる孤独いづれにも加担などせぬ窓際にゐて

渡り切ればそこにポストのあることを幾度おもふ冬のこもりに

一人居の食はこれほどと掌をむけくる人と冬のたんぽぽ

糸底にかそかなひびのあるらしきこの夜のお茶に節分のころ

小袋の豆を撒きしとある便り心のすみに残して春は

名前に添へて一本の線ありぬまこと簡潔な死の伝へ方

わが庭より運びてゆきし一枝の長き巣材の芽吹かむ日あれ

贄の蛙

桜餅食したるあとに香をひきて声なきもののひとつよび寄す

眼薬の落ちてくる間よまならうらを駆け抜けてゆく人の群見ゆ

長き貨車過ぎたるむかうこれ見よと身ぐるみ剝がれゐたる木々あり

むなぞこにおろす錘のしづむとき春とほきまま三月がくる

向ひ地の桜桃の花咲き出でぬひとのつくれるスープは塩《から》し

はなみづきわが眼をおほひ咲きさかる現《うつつ》この世のしがらみのなか

まづしかる体《たい》の抱ける誇りとはいかほどのものか問ひてつばめは

けふを託すひとつの白き錠剤を掌にしてみをりはな腐《くた》す雨

すべての罪この一身に肢のばし吊るされてゐる贄《にへ》の蛙は

花置かぬわれの食卓あさのパン口中にして聴くカンタータ

ダリア、芥子、真赤き花を咲かせゐし人ふいに老ゆ青葉どき来て

会ふごとにわづかにやつれゆくと見ゆる青年とする祭りの話

生垣の穴

居心地のわるき椅子より立ち上がる軋みの音の消し方思ふ

咲かすためもう一仕事せよといふ信ずるときも疑ふときも

いつか、やがて、そんな言葉がちらつきて田水にうつる夕ぐれは

早苗の列少しゆがみてゆく先に大きビルかげかぶさりてきぬ

梅雨の日の雲の切れ間をかきあつめ海芋《カラー》一茎鮮黄に咲く

十年飼ひたる小鳥の落ちてチチと鳴くこゑ思ひ出す唐突にして

心かくして顔は笑へと言ひし父ときに浮かびて人群れにゐる

自死の力もなきものの恋ふ死の先に子の手離れて風船が飛ぶ

枯るるとはこのやうなことと春過ぎて乱れもあらぬ山茶花一木

今年はや水の犠牲者小さき石多き河ほどおそろしといふ

貨物列車の通るわづかな揺れありて午前一時のさびしさも過ぐ

花に背向けて

再びを濃きかげとして苅草の香のつよくたつ一本の道

夕ぐれの水にぎらりと照り返す名残りの光胸底にある

咲くならば選ばぬといふ人の家に小米詰草《こごめつめくさ》押し寄せてゐる

カンタータ「最後の時」を耳に入れ花に背向けて朝の食卓

寺院、神社のありがたきもの買へといふしづかな声の電話かさなる

昏みゆく道のむかうに許せぬと声にしてみる聞く人もなし

黄蜀葵《とろろあふひ》

笑ふ声期待して聞く向ひ家のピアノも絶えて夏の日々

鳩が来て百舌が来てまた雀らもみな抱かれゆく花後の木あり

坂道をころがりてゆく林檎みゆ何の足音か背後にありて

欲望の行く先知らず日々伸びて黄蜀葵《とろろあふひ》に黄の花が咲く

雲もうつさず水が流れてゆくときに迷路のごとく頭も昏みゆく

人も季節もなしくづされてゆくばかり不遇訴ふ電話のこゑも

目の前の死者にも涙忘れゐし戦《いくさ》日のわれ思ふくやしさ

直訳して読むハングルの短文に「われらも九条つくらむ」とあり

くだものと木の実の違ひいづれかと言ひあひて食すりんご一個を

「わたくしは未だ生きてゐる」と告げてくる真夏の墓の石の肌へに

手を垂れてゆけば夕べの塀ごしに夾竹桃は紅をさし出す

洋種山牛蒡《インクベリー》

土曜日の朝さりげなくはさまれてゐし被爆ピアノを囲む催し

古タイヤ重ね抱かされゐる立木じんじんと蟬鳴ける真下に

征旅より戻らぬ人に燭《ひ》をおくる六十九年たちてしづかに

死ねば誰しも水に浮くとや生きて浮くわざ学びゐる園児たち

裏道のみえらびてゆけば新たなる裏道にでる炎昼の道

追ひ越され追ひ抜く力ありし日のわが足のこと知るものもなし

人の輪を離れ来たれば裏切りのひとりのごとく遠きかみなり

つま野菜残されし皿つつましき役わりは今誰のところに

草は草のこだはりあらむ背伸びしていち早き風受けて揺らぎぬ

眼つむれば耳は開きて捨ててこし声くぐもれる草の原

八月の昼

逢はざれど精神《こころ》なつかしみ思ふ人逝きし日知らず雨の音聞く

舗道《しきみち》の熱気は脚をのぼりきぬいま歩行者と呼ばるるわれに

めづらしき栗の畑にひとしぼり降りて実りの揺らぎゐる見ゆ

柩焼くほむらを知らぬはらからと無音に過す八月の昼

こぼれたるわれの羽毛もあるべしと陸橋の下の幾枚拾ふ

ねこじやらし幾度いへば呪文めく陽の後退る山にむかひて

濁流の剳りゐぐりてゆく護岸こまかき渦の水底に巻くと

塩むすび一つを板の上にのせ売る人を見き終戦のあけ

縋るものあらば巻きつくほかなくて紺さやけかる忘れあさがほ

めでたくも十五夜の月渡りゆく穂の出のおそきすすきの上を

咲くことは使命かとふと問ひたくて来てみるときの酔芙蓉

雀おどしきらきらまぶし風祭忘れはてたる一望の景

組まれたる花買ひくれば一本の鶏頭混じるそこよりは秋

どこへ行こうと人は人なりとそつけなき草の拒絶にあふ夕まぐれ

月に兎たしかに見しといふ人のこよなき日なり望月のぼる

いつしか琥珀

哭くものが今隣りにはゐるといふ声揺り起こすあかときに

白き紙に包みてゆくは清めとぞ聞きしことばのその先は雪

一生ふたりでなす飲食《おんじき》のかげりなど知らぬ羽持つもの並びをり

処分されし犬猫の骨混ぜ込みて咲かす一鉢だれの手にゆく

骨粉を播けば美しく花咲くと何気なきこゑ残れる耳と

胸ふかくギター抱へて内面は小さき音のみに出るといひしも

「いづれまた」と振り向かずゆく夕ぐれの雲の彼方にうつすらと光《くわう》

勝つ敗けるいづれはかなき斑雪　一塊となり青鷺佇てり

わづかにも飲めざるわれのつくる花酒はないろ抜けていつしか琥珀

少し肩怒れる雉鳩《はと》の後背を映せる硝子丹念に拭く

指をもて測る星らの距離の間に委ねむものをおもふ冬夜は

この先に来るものいまだ見えねども天の雄羊さがして眠る

木の瘤

あまりにも長き橋ゆゑ真中に立つほかあらぬ冬景色

住む人の病み伏す噂ある荒庭《には》の水仙剪りてゆく人見たり

鳥かげの大きくうつるカーテンを開けず遠くの風雪をきく

若き木の未熟な紅葉見てきたる眼のやはらぎを保たむ一日

太い枝断たれしあとの桜の幹何者か血の色の布巻きてゆきたり

日々とどく言葉にいつか侵されて桜の列の早き落葉

睡たげに時の移りてゆくみゆる墓石《はか》まだ建たぬ墓地の予定地

権力をもたば相まで変はるかと熟れくづれゆく柿食みてゐる

生きたるまま冷凍せよと貰ひくる鮎閉ぢ込めて眠り浅かり

引き千切りひきちぎりして百舌の食む生餌はけふのわれのかげ

一滴はまた一滴をよぶ葉の落ちし雨後の木の間に恍惚の百舌

落葉のさびしさばかり告げに来て逝きたるあとの大き木の瘤

逃げたしと思ふ日に来る絵葉書の修道院の燭のしづけさ

少量の咳止めののめば生ぬるき手のごとくくるやさしさありて

戦後間なく買ひし文庫の牧水の変色惜しむしばし雪の日

草食《は》ますために放てる山羊盗み食せしといふ男の罪は

冬空のまぶしき青と昨日見たる大き山茶花の狂気の花と

植ゑしまま刈らぬ稲田を日々眺め笑ふほかなき雀らとゐる

生き恥

残されて寒の椿の咲く庭を月かげ少しかたむきて過ぐ

穴あきし帽子をかぶり終日を釣りゐる父はをらず鴨浮く

おほよそは弱きものゆゑ団結すと聞けばもの憂く鯉浮かびくる

生き恥といふ語が不意に浮かびきぬ見知らぬ道を曲りゆくとき

弱年の死者はいつまで死者なるか青き虚空に問ひのぼる鳥

老木の濃ゆき紅葉《もみぢ》と若き木の透ける紅葉とまざる道ゆく

むかし駄賃といふ語がありき林檎ふたつもらひて帰る雪の道

チ、チ、とのみささやきゆける遠来の客去りしあと心さまよふ

ひとりごと口に転ばし磨きゆくこもるほかなき寒中にゐて

心立てゆく時間まだあれ雪解まで姿くづさぬ白き山容

食ぶる、寝る、遊ぶがあればよしといふ医師の言葉は薬となるや

憎しみに変はるいくつを抱きつつ渡りのひよの無頼をゆるす

漫然の春

苦きもの食《は》みてこしごと臘梅の花しごきゐるあさのひよどり

亡きひとのいくたり数へのちに食《た》ぶ旧元日の餅や雑煮を

戦没の少年の墓のかたむきを正す人なく漫然の春

幼年におぼえし歌のさびしさを流す術なし夜更けの湯浴み

忌のふたつ並ぶきさらぎ終る日のわれにしづかな朝夕のあれ

どこまでゆけど

大杉の幹を抱ける背見ればおのづと森の息づかひせり

蒔かず刈らず蓄へぬ鳥はいかほどに清廉なるや花喰ひて去《い》ぬ

自らを何者と問ひてくるしめる声など遠し彼方はさくら

若者の見るゆめの中ににんまりと坐りてゐたしはかなき欲は

ふと神の理不尽思ひゐるときに午前零時の地震過ぎたり

梅の木はどこか道徳の香がすると読みし記憶のなかの白梅

生日も亡き日も花をおくることどちらにも射す明るき日差し

いきものがいきものを食ぶわれもまたいきものを食す春の日々

またひとつ切株増えていつよりか愛は怒りとなりて戻り来

日常をすべて失ふ夢覚めて浮かぶ言葉はお囃子ことば

迷路のやうに

合掌のひとつはじけてゆくときを花開くとぞ言ひゆくものか

ゆるやかに上弦の月投げ上げて花のたよりは風より先に

人は人と契り鳥は空とちぎるやいづれもけふは美しかれと

白椿素心に咲くと見てよきか命ぬくめて朝陽は昇る

ばんざいと声には出さず桃咲けり軍と名のつくもの遠去けて

のびやかに生きこし森はいづこにか尋ねて小さき虫になりたし

幾千年地底に川は眠るとぞ封ぜしものは迷路のやうに

いまかげを置くべき所あるならば行きて佇む時間欲しかり

素描画に犬、猫、馬も耳立ててしづかなる夜のわれの脈拍

雪、白紙、真白にあればたぢろげる心かくして日影追ひゆく

そそけだつ羽の静止を跨ぎゆくかかと片減る靴のあとより

往《い》ぬ二月、去る三月、走れる四月見送るばかり野の夕焼けに

福島の人

顔ふたつ持ちて暮らすを苦しみと書ける文あり福島の人

コンビニの跡地にけふは理容店開業せりとつばめ来ていふ

れんげ田はもたりと咲きて曇日の悲哀のやうな時間過ぎたり

なしくづす決意の上に滴らす酢をもて食せり鶏、豚の肝

目に見えぬものも詠へと師のことば風かがやける五月は思ふ

かなしみはここにと窓をおほふ木の繁りのなかに鳥は尾を振る

抵抗と対抗のちがひなどそよぐ葉に問ふけふの愚かさ

あまりにも笑ひ尽せば死に至る怖れありとぞ午後の曇り日

しろつめ草刈り残されてつづく道ゆめの顔より薄き昼月

終日を耕す人の姿見ゆそこ迄今日は歩くと決めて

前との距離どこまでゆけど縮まらぬ橋より先は競はずゆかむ

おのれ励ます手段も減りてゆくばかり何を蒐めてあぢさゐの花

奪ひたるものなどわれにあらざれど紫陽花の雨したたかに降る

口底に黒ひそませて黄の海芋《カラー》苦渋のごとく変色しゆく

一大事もちて駆けゆくせきれいのあとに従ふ梅雨空の下

交尾するとんぼのつくる尾のハート目先よぎるまでの幸せ

彼岸花、たばこ、萱草、みなどれも忘草なる名をもて咲きし
狂言を見て眠る夜の夢の中「なかなか」のこゑつきてくる

真夜の耳

啼く啼かぬは自由なれどもせめてこの夏は啼けよとくまぜみにいふ

ひめゆりの他にしらうめの塔ありしと朗読に知る八月猛暑

産むならば育てよとばかり郭公に果敢に挑む小さきヨシキリ

豆ほどの雨乞虫《あまがへる》寄る水バケツたのしむための秘密とするも

庭住みの大き蝸牛を踏み破《や》りし足裏をこする音消ゆるまで

傷もてる梨を買ひきて剥くときに痛みのごとくとほき日の恋

ぱちぱちと頬を叩きて引きしめる朝々の顔何か嘘めく

つるりんと咽喉をすべると聞かされし白アスパラガス熱の夜にあり

眠らずにラジオ聴きゐる真夜の耳しかと受けとむ安保成立

いかにあるとも

言ひなりに決してならぬ正座して真向かふときの花一輪は

国宝の三日月宗近鎮まれる亘のうちは真空の闇

その刃先しづかにわれを貫けば死はよろこびとなるやも知れず

名を呼ばずきれいといへば夕ぐれの野花は不意にゆらぎたり

民あまた流れ出でたる国のあと蒔く種子あるや誰に問ふべき

亡くなりて後に芽生えてこしものは恋ならずやも晩秋《あき》の野のなか

猪口ほどの小さき花を見せつけて秋のあさがほ庭隅にゐる

赤信号突っ切りてこし二人乗り「やばい、やばい」を残す夕焼け

「きかんきは米をかこひてひが三つ」易き書き方覚えても　鬱

痛みのうちに

冬ぐもり物音もなし人恋へば木の葉一枚鳥となりゐる

鶲来て百舌来て鵯おくれきて寒空はいま何を運び来

亡き人はいづれもやさしわが内の痛みのなかにしづかに坐る

青漬の並べる前を過ぎてきて湧く食欲のめでたさにゐる

今日生きて祝ふことありふくらみて山鳩のゐる昼の裸木

幾度も人をおくりて渡りたる小さき橋の日の照る時間

梢にはわが涙知る一羽ゐて四方に放てるほがらなるこゑ

二月むかへし生者も死者もさびしかり深き息するほかにすべなし

父から娘へ代替はりせし歯科の椅子少しきしむを気にして坐る

母の最後《いまは》告げる勇気のなきままに兄を逝かせし二月尽くる

笑ひより悲しみこそは楽ありと遠きさくらのちらほらの景

春の錯覚

新しき靴はかぬまま見送れる月日のうちの花影濃ゆし

浜にけさ揚がりしといふ大鱓《うつぼ》春睡のなかのたうちゆけり

殺めたきほどの嫉妬は湧きてこぬたわわに揺るる白花椿

焼かれゐる梅の毛虫の身をよぎる時間のうちに一杯の茶を

もはやわれ知るもの居らぬ町筋をゆるゆる過ぎてのちにさびしむ

名を変へてのちは水藻の繁茂する川のほとりのさくら撫でくる

金なきは首なきごとといふ言葉消せぬあはれを父の上に思ふ

刃物には魔のつく夜があるらしとあつく包みて母はしまひぬ

労苦とはこのやうなもの肋骨《あばら》浮く馬を描ける頁に栞

草の香のあふるる広き草原に働き女《め》たれ次の世のわれ

みな去りし夕の枝間にこそと来て育花《いくくわ》の雨にあひゐる鶫

熟柿食む鵯の舌は長かりと夕べのニュース終りに言へり

鳥らにも怒れるときがあるらしと雉鳩撮す人が言ひたり

人が和めば鳥もなごむと思ひゐる錯覚ありて春は過ぎゆく

逆さまに倒れて後も眼を閉じぬ人形だれも自由にはせず

守るべきものがあるなら生きられる橋のむかうで誰か叫べる

野鴨二羽夕の雲間に消えたりと何もなき日の言ひ訳にする

夜の海に難民の舟沈めりと聞きしニュースは明けても消えず

ちぎれ雲ひとつ浮かびて日常に死は平然と入り来るらしき

蛇

夢の間に入りこし蛇《へみ》は啓蟄の言葉かかげて白く透けゐる

川水はゆらりと空をうつすのみ昇る雲雀はこゝろの内らに

無力ゆゑ犯さずにすむことあらむ苦みさぐりて八朔を食ぶ

分裂のごとく内より出でゆきしもう一人のわれなつかしむ春

桜　雨

雑種の犬尾をふりたてて萌えのなか従者がひとりそのあとをゆく

江戸川の菜の花の景メールにてとどく日のあり明るき春か

桜雨《さくらあめ》通る人なき土手の上濃き薄きかげ今日の道づれ

まぼろしにすがることなどもはやなし桜ながしの水は片寄る

古き押し葉こぼれし句集眠りより未だ覚めざる蝸牛に出あふ

蝸牛の殻しろく出でくる草の間のほのかなしめり刈りし手にあり

拾ひこし白子の貝殻《かひ》は十年経てかげ薄れゆく棚の上

炎ゆる色沈み果てたる木の葉出づこの頁よりいづこへむけて

打ちつけて打ちつけて食む生餌こそ悦びなるや立夏の百舌は

野の花は野にあるやうに活けよとぞその一文をいつか忘れつ

歪みゆく道をたどりて夏草の丈とたたかふ草刈機みゆ

戦中の母のこゑかと思ひなば坂のかなたの山鳩のこゑ

犬さへも戻ると伝ふ坂越えて百々ケ峰より清流俯瞰

輪中堤四囲にもつ市関《まち》はらぬ穏しき生活《たつき》ありて坂なし

六歳の春、大阪から田舎の市へ初めて来た。

三日目、人恋しさに近所の子ども達の後について行った。長い田舎道はやがて堤防に着き、草の上を転げ廻ったりするのに私も真似た。日が陰り始めた時、誰かが一声叫ぶと皆だっと目の下の菜の花の海へ消えた。あとは静かな日暮。残された私は街道の真ん中に佇ち尽くした。

暗くなった頃、偶然に町へ帰るリヤカーが私を運んでくれた。泣かなかった私は話題になったが、その気力もなかっただけである。その村の名は坂下といった。

マグダラのマリアの頰にひとしづく涙描きし筆先おもふ

くさむらに咲きし桔梗に何を問ふただ色深く咲《ゐま》ひしものに

抱《いだ》かれし記憶をもたぬ父の膝ほの浮きてゐる明けの闇間に

夏越す

暑さのみ人を欺かぬまな先に高く盛られぬ苺の氷

身の内に住めるサタンと戦ふはただのものめごとと聖書諭しき

軍靴《ぐんくわ》の音いづこかにして空耳といへど消えざり炎暑の昼寝

一個のみ大き核実を突き出して四十年の椿夏越す

渡りゆく

乱れなく渡る隊列午前五時淡き曇のあとの晴天

季節ノート書き忘れたる年月の上渡りゆくしののめの鴨群《かも》

郷愁のなかを伸びくる夕の光《かげ》かくれ場もなく土蛙とぶ

隣国のミサイル放つ日の庭に身を寄せてゐる蝸牛のふたつ

手をふれず機械が乳をしぼりゐる室の設備をふともさびしむ

身をかけて啼くものここに在りとして夜半の窓越しこゑ絶ゆるなし

遊びもならず

この国を出でしことなきまなこもて遠山を見る朝な夕なに

子を持たぬ身に馴染みこし青年の離りゆく日の折り紙の鶴

採血の針さすときにふと笑める看護師の顔真夜に浮かびぬ

何ものも寸断出来るのこぎりとあるを購ひ何断たむとす

新た家にひそりとひとつ燈が灯る雪降る北に手紙書くとき

たならに乗せたるものが少しづつ重くなりきて散る花ありき

枝の間に巣を張りしまま蜘蛛居らず雨滴は銀のしづく作れる

不意に湧く羞しさもちて古き誌のなかに出会へるまんまるなわれ

切崖

うつすらと底ごもる頭痛おしつけて朝のさざんくわ大輪の白

手を振りてひそと涙す人みたりかけつけ警護に発ちゆくうしろ

「ゐますか」と夕暮の戸を叩かれて齢《よはひ》の上の切崖おもふ

丁重な手紙一通受けとりてその底にふる霜と真対ふ

来るもいや来ぬもさびしと眺めゐる庭の端ゆく隣り家の猫

一人ぬけ二人ぬけして生垣のむかうの景色音もなき暮れ

娶るなき子を嘆きゐる家の柚子もたされてきて今日はジャム煮る

古枝をみづから棄てし姫こぶし何事もなし静かな雨に

消すことの出来ぬ翳曳き立てる木の目覚めに深く関はるは誰

闇知りてのちに咲《ゑま》ふと聞かされし一輪にあふ白きその花

春愁と気どるものらを振り捨てて枯草のなか水仙咲けり

そんなことどうでもよいと春くれば吹き倒しゆく鉢植いくつ

「言」は「事」

「言」は「事」となりて表れくるものと古き書物のなかの一文
吹っ切れることなどなくて無理矢理に声あげてみる笑ひとなして

詠はぬ日ゆめにて詠ふゆゑもなきかなしみの上におのれを置きて

もつさりと髭濃ゆき人現れてすれ違ひざまさくらに笑ふ

一本の流れがありて添ひゆける草にも小さき花咲きてゐる

咲くことも狂《たぶ》れのひとつ白ければ白にゆだねてゆくか椿は

昨日はあか今日は真白きクレーン立つ思ひ出を書く手紙の午後に

群衆はおのれ無にするごと踊る権力者ひとり肥え太るなか

耳

ひそやかに誰かゆく音あかときの闇の薄れを耳に探りつ

工事場の囲ひのひとつ外されて出でこし窓のするどき反射

離るものは振り向かずゆくここに来て身のあはれ知る木かげあるなり

聞くために耳はあるもの半分で断ち切る人も耳もてるひと

小ねずみのこそと行き来す夜の厨水飲みに来てふとも怖れつ

あぢさゐは七度化けると母言ひき庭辺の花は化けず咲きたり

傷もてるものの疼きを知らぬげに謝罪の言葉よどむことなし

胸底の危惧を語りにゆく場なし向ひ家の薔薇あまりに赤く

病むために籠るといふも私事花の便りを書かむと思ふ

ダリア

重なりて土俵の下に落下する肉体の弾力寝際に思ふ

望むものいづれはかなく散りゆくかひしめき生るる蟷螂の子に

蟷螂の子の四散せし生垣をしたたかに刈る音のひびけり

呼吸失せし母の枕辺戦中のダリアは小さくくれなゐ保つ

「愛されて生きよ」とあれば眼裏にダリアとわれと対きあふ夜あり

言ひわけの言葉もどこか古びきてただ咲かせよとダリア届きぬ

くれなゐのダリアこの世に咲く日なり乱すものなき朝来たるべし

あしたとは不明の部分くさむらに一本の百合立ち上がりくる

何もせず秋立たしめて白飯をかなしみて食すわが誕生日

はなやげぬ回想のたぐひ運びくる郵便はいつも夕方にくる

音消して見てゐるテレビひたすらにけものを撫でて人はをり

まなぶたのくぼみ激しくなりし夏蝶も鳥らもさりげなくゆけ

顔

逝きし人逝かせし人も罪ならば立ち尽くすほかあらぬと木々は

ひとりづつ真夜呼びおこす顔あれどいづれも笑まず通りてゆけり

われひとり怒りに狂ふゆめの間にしづかすぎたる父母の顔

暁けやみにゆり起こしくる顔ありきわれより若し母と名乗りて

亡き人が集《よ》るかと思ふ暁けの山ゆるく晴れ来てやがて曇りぬ

一切れの柑橘うまし若き日はきらひし酸味いつか身に添ふ

誰を贔屓にするでもあらず強きもの強くあれかし力士の勝負

クッキーも乾パンも同じビスケット他愛なきこと安らぎに似て

ばら色に染まる夜明けを鳥とゐるこの一刻を幾度積みこし

かかはらず見放す業のあとにくる心のうづき若き日に知る

子別れのすみたるあとの百舌の顔さらりとありし窓の外

愛らしき一位はスズメ二位エナガ一覧表を鳥らは知らず

低きほむら

去年の羽ゆきあふことのなき空のふかみの色をけふは仰ぎつ

まだ命あふれゐるごと香のたてる稲藁並ぶ小さき手刈田

呼子笛吹きたてながら保護者のみ目立つ子どもの神輿巡りぬ

虚実すべて埋むるほどの暈《かさ》もたぬ桜並木の昼の落葉

草刈機ひびきくる間をしやりしやりと鎌使ふ音まじりくる

裏切るは人の世のつね抱き心地よき形とて冬瓜もらふ

暗闇に低く押さへて焚くほむら転居前夜の隣りの庭に

答へなどあるやうでなし各自みな自由たるべし　中秋の月

椿の葉裏

少しうるみて見ゆる空蟬《せみ》の眼心など問ふべきでなし夕昏れは

小気味よく思ひ出捨ててゆくことも如何かといふぬけ殻の蝉

教会の灯りを見つつ過ぎし日の道筋くらくありし夜を思ふ

一面の星の真下に立ち竦む夢のあはれを誰に告げまし

痛みとはいづれ個人にかへるもの午前三時の音のなき雨

幾度かきりぎしに佇つ引き返すほかなきときに鳥は飛行《ひぎやう》す

語源ひとつ探り探りてゆきあたる文鎮の上にとどく秋の日

寒椿ひとはな咲ける木隠れにこそと置き去るけふの愛語は

おのが燃えあますなく見す一木の上渡るものなく夕昏るるなり

権力者のまづしき言葉のる紙面しづかに舐めてゆく夕陽

懇切に葬に誘ふパンフレットことりと入れて人は去る

左右

転びたるままに仰げる高き空何の救ひもみせず澄みをり

伸びるだけ伸びて尾花のためらへる庭など捨てて逃げたし蝶と

乱れ咲く山茶花垣にひそみゐるわれをのぞきて誰かくるべし

卵二つ竹の箒に産み去りし蟷螂の左右《さう》はやき夕やみ

ひとすぢの白まじへくる花椿われより若く友は逝きたり

「積んどく」も読書の一つなどといふ誰かのことば浮かぶ寒夜は

世界中ひとつの言葉となへれば戦なくなると小林道雄

朝々の牛乳《ミルク》ぬくめてひそやかなくりやの外に咲き散る椿

待つ日の上に

木の葉巻きこむ小さき渦の川底を光ともなひ雲過ぎてゆく

むらさきを愛せし人のむらさきは何を指すべし冷えしるき空

追ひつめてゆけど濁りの見えぬ花ふと目つむれば翳おびてきぬ

経読鳥《きやうよみどり》待つ日の上に贈られし「般若心経」清《すが》し机《き》の春

意識して人遠ざけし一年の重み捨て得ず銀杏叩く

輪をひとつ作りて綱を引きたればやすき縊りとなるや春日

一瞬に命を絶ちて血を抜くと鹿罠猟師解説すなり

からの無蓋貨車ながなが走りゆく夕のわが肉体の頼りなき揺れ

採り残す柚子の黄のいろ列島の雪の予報のなかの黙《もだ》

使はずに居ればそれまた良しとして呪《まじな》ひ薬もたされてくる

地を這ひて花持ちあげしたんぽぽの呆けゆくみつつ心ひだるし

幾筋の雫が景を消してゆくガラス一枚の今日のやすらぎ

胸を打つリストのピアノぬけてきて夫の不在のふかき青空

父母の齢を過ぎて誇ること思ひあたらず哭くこともなし

生きのびて為すことは何語ることもたず群れ咲く草に寄る

木に下に昼のやみありだれよりもうつむきて咲く宝鐸草に

一本の桜が咲けばひとりよりふたりみたりと笑ふ人寄る

濃きかげをかぶせて思ふ春秋に早死の母を坐らせてみる

身ぶるひて花散らす木と抱きしめて花腐《くた》す木といづれがよきか

憎しみはひそかに愛に通ずると転がる柚子の土汚れ見ゆ

堪ゆることありしむかしの日記よりさくら押葉ははらはら崩る

猫の鈴音

誰も来ず瞼の重き朝の庭思ひ出のごと芍薬二本

まどろみの中を啼きゆくほととぎす一声残す「父に逢へたか」

人はみな過去をもつもの寂かなる木の下の花どくだみの白

影ひとつなき青空なれば告白す私自身を今愛すると

いづこ迄ゆけど戻りてよきはここ乱れ茂りて花咲くところ

忘却を楯にしてゐる声のなか忍びゆきたる猫の鈴音

充電の小さき灯り残しおく厨のやみは誰のもの

夏痩せて

やさしさのなかを探れと朝のこゑ梢にありて風光るなり

覚悟とは誰に対かひていふことば桔梗の鉢の枯れてゐる庭

「夏痩せて嫌ひなものは嫌ひなり」鷹女の一句こころ涼しむ

八月

ふと気づきそして忘れて夜半おもふ八月四日わが生日を

七十三年前に逝きたる母の顔われに残ると夏のなぐさめ

呼吸苦は百合の喉《のみど》に押しこめてひた合掌す八月の死者へ

書くよろこびどこにもなしと高見順『敗戦日記』猛暑日に読む

言葉より笑ひを先に押し立てて何に耐へよといふやこの世は

われが発ちゆく日には舞へよと言ひ残す二匹の秋の蝶しづかなり

地球にはいつもどこかに銃の音思ひ泳がす遠花火あり

晩秋の空

返信をなさぬ無礼の夏過ぎてへろへろ咲かす野育ちの花

美辞麗句並べてみても何もなし晩秋の空高々青く

消したきことありし夜にして遠闇にぽつりと一つ灯り見ゆ

「よめ、さとれ」耳に遺してゆきし人、師も父母も明治人なり

昔とはいつの昔か『草枕』馬子に言はせる「よつぽど昔」

柿ひとつ

人の憂さもらひて来たり切株に愛と名づけて柿ひとつ置く

天が紅粉《べに》とどけにくると山を見る冬くる前のしづけさに

庭隅に冬の牡丹を囲ひゐる独り家の昼物音もなし

ほのかすむ月日の記憶さぐりなば去る日ばかりの駅ホーム見ゆ

山にまだ不明者ありと知るときに過ぎし時間は遠き闇

少しづつ心ゆらぎぬ背後より　さいなら、さよなら、さやうなら

夜の月と雲

父の辺にただ正座して過したる音のなき夜の月と雲

食はみな楽しきものと大盛りの並ぶをみつつ疲れ濃くなる

われの血のひとすぢ暗む真日照れる無人公園の木々の濃さ

過去を語りにくる人はみな敬遠しあした、あしたといふ人に会ふ

子のために死す母子ども殺す母われがなれざりし母とはこはし

若者の届けくるもの速時簡便、多種混合、やはやは崩る野菜の煮物

亡き人に平安あれと歌ふこゑ日曜の朝われの上にふる

ふたおやのありし日のこと反復す不眠の夜の窓の風

悪人はどこにもなしといふ言葉母のメモより拾ひて記す

午後の時間帯

宅配の無言の手より受けとりて無言つらぬく晴れつづきあり

曖昧は曖昧ゆゑに気安かり声かけてゆく「いづれまた」

吸ふよりもしづかに息を吐けといふ午後のねむたき時間帯

幸、不幸読み終はるとき薄つすらと昼の月ありわらふ人群《ひと》過ぐ

声にして出せばつながることもある野はかぎろひて心呼ぶゆゑ

春愁

何見ても笑はぬ人の新年に高階降りてひとがくる

やうやくに咲きくる垣のひとつ紅降る雪にみる病院《いん》の窓

涙とは或日逃げ道生きのびて花咲かすもの庭の奥

頬やせて鳥もゐるかと見てゐれば背後で笑ふマスクして

ボールペン赤のみ残る机の上を春愁として無人なり

即座には答へもたざること多し明け少しづつ早まる朝も

少年は青年となりささやかな品物もちて雪の日にきぬ

惜しみなくカーテンにかげ映しゆく鳥にいつもの行手はあるか

病み臥してゐる身にそつと手をふれて「くるか」といひき夜の亡母

さくら一木

努力、努力と鳥のごとくに囀りてゆくもの誰か　石の水

淡きかげとらへ難くて離れこしさくら一木の暮れのこる土手

死を甘くおもふ時の間瞳つむりて青き野なかの息を吸ふ

亡き人のこゑ甦る時間帯やさしくぬくしあけぼのは

学ぶことあまりに多しゆっくりとなごめる山は遠き山脈《やま》
悦びの幾つか分けて差し上げます梢の声は夢の間にする

父たちてくる

船を見送る切なさほそと呟やきし父たちてくる港の岸

ふいに種子蒔きたくなりぬ激しくもならぬ雪降り冬帽をぬぐ

病院食以外許さぬ日々にゐて菓子のたぐひを列挙してみる

もらひこし林檎一個を置きてねる病む日におもふ信濃は遠し

思ひ出は真夜にゆき来すこと多し小さき地震にこころゆらせて

傷心の人に添ひ寝の猫の顔ゆめに出できてふと笑ひたり

百々目鬼

粉薬包める紙に折る鶴を明日に向かせし日々も昏れたり

鬼一覧、百々目鬼は女掏摸、すりとるものわれにありしや

諺のおかしさひとつ柿食ひてお茶飲むときは腰が抜けると

表情《かほ》変へず蜻蛉をくだく蟷螂のたしかなる音聞きし生垣

きしきしと窓拭きしあと見てゐたり耕す人もあらぬ荒地を

軽装の看護師たちのゆきちがふ身軽さまぶし御用納めの日

戦はかなし

井の水の冷たさ増してこれこそが平和の朝を刻む大根

置き手紙なさぬつばめに手を振りて見返るときに戦はかなし

苛立ちはやがて暴力に移行して焔走らす野辺の上

衆生救ふと仏の指の水搔きを説明したる人も老いたり

空をくる鳥らは病みて空知らぬ園の鳥らも病む冬がくる

急旋回の隼《はやぶさ》のかげ閉ぢこめて水は眩《くら》めり夕焼ける野に

生きるには弱き種の蟬知れる朝鳴かざるものはいとしくて

年譜

昭和四年（一九二九）　八月四日、大阪府大阪市で生まれる。父・百々治助、母・アサの四女。

昭和六年（一九三一）　岐阜県大垣市に転居。父、餅・菓子製造業を営む。兄・治雄、妹・安子との三人兄弟。

昭和二〇年（一九四五）　学徒動員で工場へ。母・アサ死去。

昭和二一年（一九四六）　大垣実践女学校卒業。卒業後、産休補充教員として小学校に勤務。

昭和二六年（一九五一）　「短歌人」入会。斎藤史に師事。

昭和二八年（一九五三）　一月、蒲郡へ小旅行。四月、福井へ旅行。五月、前川佐美雄らと鵜飼い見物。八月、赤目四十八滝、篠島旅行。教員を退職する。同人誌「仮説」創刊。平光善久、赤座憲久、上田武夫らと参加。

昭和二九年（一九五四）　父・治助、岡田楢糸と再婚。

昭和三一年（一九五六）　結婚までの日々、映画好きの父母、妹とよく映画鑑賞に出かける。四月、上田武夫と結婚。「短歌人」夏の大会にて、斎藤史と初めて逢い、志賀高原にて遊ぶ。

昭和三二年（一九五七）　父・治助死去。「続 戦後新鋭百人集」（短歌）に入る。

昭和三三年（一九五八）　家庭教師を始める。八月、大阪一心寺へ。亡父納骨（亡母アサもここに眠る）。

昭和三四年（一九五九）　文学座公演（岐阜）。

昭和三七年（一九六二）　四月、「原型」創刊に参加し、運営委員となる。三月、第一歌集『盲目木馬』（不動工房）刊行。五月、「青年歌人合同研究会・岐阜の会」に参加。以後、神戸、東京の会にも参加、刺激を受ける。

昭和三八年（一九六三）　自宅にて小学生の塾を始め

る。

昭和三九年（一九六四）　山中智恵子の紹介により、村上一郎の知遇を得て、個人誌「無名鬼」二号より作品発表。以後、毎号作品発表の場を与えられ、多くを学ぶ。京都にて、サルバドール・ダリ展へ。

昭和四二年（一九六七）　ユトリロ展へ。「岐阜県野鳥の会」設立時に入会。（その後、毎年探鳥会に参加。高山、ひるがの高原、御嶽濁河等に出かける。）

昭和四四年（一九六九）　九月、第二歌集『翔《かけり》』（自家版）を村上一郎編集により刊行。

昭和四五年（一九七〇）「現代歌人集会」に入会。

昭和四六年（一九七一）　一二月、「野鳥の会」南宮山に参加。

昭和四七年（一九七二）　四月、郡上八幡を散策。

昭和四八年（一九七三）　二月、野鳥の会で金華山へ。

昭和四九年（一九七四）　大垣市三塚町に新居を建てる。転居に伴い学習塾を閉じる。

昭和五〇年（一九七五）　原型賞受賞。合同歌集『彩』原型叢書に作品発表。四月、谷汲探鳥会に出席。五月、「無名鬼」村上一郎追悼号に挽歌発表。一〇月、轟太一『風祭』出版記念会に長野へ。一一月、養老の滝散策。

昭和五一年（一九七六）　四月、第三歌集『谷神』（国文社）刊行。

昭和五三年（一九七八）　一月、郡上白鳥長滝白山神社六日祭へ。八月、山中智恵子、佐竹彌生らと西行庵など吉野を旅行。一〇月、シンポジウム（京都）に出席。関市博物館、能面と装束展へ。

昭和五四年（一九七九）　八月、滋賀県高月市渡岸寺で国宝十一面観音を拝観。

昭和五五年（一九八〇）　岐阜県芸術文化奨励賞を受賞。四月、歌人集団中の会、発会式出席。五月、梁川星巌記念館へ。八月、大垣市水門川探鳥会に参加。京都にて広隆寺、龍安寺を拝観。岐阜県技術文化奨励賞受賞。

昭和五六年（一九八一）　六月、第四歌集『草昧記』（砂子屋書房）刊行。七月、母・楢糸死去。八月、現代短歌シンポジウム出席。一一月、第七回歌人集会賞受賞。一二月、斎藤すみ子出版記念会出席。

昭和五七年（一九八二）　四月、歌人集団中の会シンポジウム出席。

昭和五八年（一九八三）　五月、画家・小林研三氏来訪。八月、南宮大社と周辺の散策。名古屋で村上栄美、山中智恵子と会食。一二月、名フィルと第九を歌う会を鑑賞。

昭和五九年（一九八四）　二月、小林研三個展へ。四月、谷汲山・横蔵寺へ花見。六月、山中智恵子を見舞う。一〇月、成人学校「ハングル講座」へ入校。関ヶ原を散策。

昭和六〇年（一九八五）　四月、斎藤すみ子、黒田淑子と同人誌「嬉遊」発刊。六月、中国杭州歌舞団公演へ。七月、中の会・山中智恵子「迢空賞祝賀会」出席。八月、行基寺・多度大社拝観。

昭和六一年（一九八六）　八月、英国国立ウェールズ美術館展鑑賞。

昭和六二年（一九八七）　八月、バルセロナ展鑑賞。岐阜交響楽団演奏会へ。一一月、イタリア一七世紀素描展へ。一二月、料理教室へ参加を始める。

昭和六三年（一九八八）　五月、「びいどろぎやまん展」へ。六月、森みずき出版記念会出席。八月、山中智恵子宅訪問。黒田淑子、野間亜太子、丹羽征夫と同席。黒田淑子宅にて連歌の会（岐山の巻）。オランダ絵画栄光の一七世紀展へ。九月、東京芸術大学所蔵作品展へ。ベルギー大国所蔵名画展へ。一一月、尾張徳川家能面装束展へ。ベルリン国立東洋美術館所蔵浮世絵名品展へ。ミロ展へ。モーリス・ベジャールバレー団公演観賞。一二月、野間亜太子宅にて高槻歌仙の会（古曽部歌仙の巻）、黒田淑子、山中智恵子と同席。

平成元年（一九八九）　一月、世界現代ガラス展鑑賞。荻須高徳遺作展へ。六月、徳川美術館「能の華」展鑑賞。八月、第五歌集『天牛』（砂子屋書房）刊行。名和昆虫館へ。

平成二年（一九九〇）　四月、「日本の美」展鑑賞。八月、大垣七夕まつりへ。樽見鉄道SL淡墨号を見物。岐阜交響楽団「交響楽の夕べ」へ。九月、手塚治虫展へ。一〇月、ピカソ展へ。山中智恵子宅訪問。一一月、西ドイツ、シュツットガルター・ソリステンコンサートへ。

平成三年（一九九一）　一月、N響室内合奏団「オー

プニングコンサート」へ。一一月、熊谷守一展へ。

平成四年（一九九二） 稲積由里歌集出版記念会出席。

平成五年（一九九三） 五月、「原型」全国大会（名古屋）出席。「倭国展」鑑賞。六月、シュッツガルト室内管弦楽団演奏会へ。県文化祭審査員を委嘱される。一〇月、チェロリサイタルへ。弦楽四重奏を鑑賞。

平成六年（一九九四） 三月、パリのショパンピアノ演奏会鑑賞。春日井政子出版記念会出席。四月、斎藤史芸術院会員祝賀会（長野）へ出席。七月、「原型」大会出席。チェンバロ演奏会へ。

平成七年（一九九五） 五月、原型大会出席。徳川美術館を鑑賞。七月、現代短歌文庫『百々登美子歌集』（砂子屋書房）刊行。八月、山中智恵子『風騒思女集』出版祝賀会出席。

平成八年（一九九六） 三月、岐阜文化のつどいに参加。五月、全国歌会（名古屋）出席。「原型」創刊三五年全国歌会（信州）出席。一月、第六歌集『七盞』（砂子屋書房）刊行。八月、現代歌人協会の歌人の集い出席。九月、『斎藤史全歌集』出版記念会（東京）出席。

平成一〇年（一九九八） 一月、山中智恵子東海テレビ文化賞受賞祝賀会出席。山中宅訪問。四月、倉地亮子歌集出版記念会出席。五月、斎藤史叙勲受賞・現代短歌大賞受賞祝賀会出席。

平成一一年（一九九九） 四月、名古屋市科学館見学。数回美術館、クラシックコンサートに出かける。

平成一二年（二〇〇〇） 二月、兄・治雄死去。三月、セザンヌ展へ。

平成一三年（二〇〇一） 六月、ルノアール展へ。九月、岐阜短歌大会出席。一一月、第七歌集『大扇』（砂子屋書房）刊行。

平成一四年（二〇〇二） 一一月、ミロ展へ。

平成一七年（二〇〇五） 九月、第八歌集『風鐸』（砂子屋書房）刊行。

平成二〇年（二〇〇八） 一月、「日本歌人」に入会。三月、京都山中智恵子を語る会出席。その後、山中智恵子の墓参。五月、「日本歌人」夏行（名古屋）出席。一〇月、第九歌集『雲の根』二一世紀歌人シリーズ（角川出版）刊行。

平成二二年（二〇一〇）　五月、「日本歌人」夏行（京都）出席。

平成二五年（二〇一三）　九月、第一〇歌集『夏の辻』（砂子屋書房）刊行。

平成二六年（二〇一四）　五月、前年出版上梓の『夏の辻』にて第一〇回葛原妙子賞を受賞。

平成三一年（二〇一九）　四月、慢性呼吸不全、転倒による歩行困難により入院。リハビリを実施。

令和元年（二〇一九）　六月二八日、肺炎のため死去。


（作成・中島郁子）

編集後記

百々登美子さんから葉書が届いたのは昨年の四月二十二日のことだった。

毎日高い空ばかり眺めています。ご無沙汰お許しください。頑張っていたのですが、主治医の命で入院になりました。もうあと半月くらいは帰れないようです。これから、リハビリをして、一人で歩けるようになる迄だそうです。

歌集は必ず出します。夫も協力してくれるというので頑張っています。よろしくお願いします。

お身体にはくれぐれもお気を付けください。

二十一日　百々

この葉書をいただいてからわずか二か月後、百々さん急逝のお知らせをいただいた。六月二十八日、入院先の病院で亡くなられたのだということだった。思えば、百々さんとの出会いは一九七〇年代初頭にさかのぼる。百々さんは村上一郎の「無名鬼」において、山中智恵子、佐竹彌生とともにその薫陶を受けたひとりであった。小生も「無名鬼」に詩や評論を書いていたから、その名は夙に知ってはいたのだが、実際に交流が始まったのは、第三歌集『谷神』(国文社)の編集を手がけてからのことになる。以来、そのほとんどの歌集を小生の砂子屋書房から出させていただいた。

今年になって姪御さんの中島郁子さんからご連絡を受け、遺歌集の編集にとりかかったのだが、前歌集『夏の辻』(葛原妙子賞受賞)が出版されたのが、二〇一三年の九月。それ以後、所属する「日本歌人」や、幾つかの短歌綜合誌、結社誌などに発表された作品がおよそ一二〇〇首あった。そこから類似する作品や、重複分などを考慮して六一七首を抄出し、編年体で編むこととした。百々登美子さんの最終第十一歌集となる。

泉下の百々さんが苦笑しておられるかもしれない、と思いつつも、あらためてその高潔な詩精神に触れることができたことを、何よりのこととして、多くの方々にお読みいただけるように願っている。

二〇二〇年五月三日

田村雅之

歌集　荒地野菊

二〇二〇年七月一五日初版発行

著　者　百々登美子（どど・とみこ）
著作権継承者　中島郁子
岐阜県海津市南濃町庭田二〇二（〒五〇三―〇四〇八）

発行者　田村雅之

発行所　砂子屋書房
東京都千代田区内神田三―四―七（〒一〇一―〇〇四七）
電話　〇三―三二五六―四七〇八　振替　〇〇一三〇―二―九七六三一
URL　http://www.sunagoya.com

組　版　はあどわあく

印　刷　長野印刷商工株式会社

製　本　渋谷文泉閣